SVEN GASTROCK

AF200641

FANTASTISCHE REZENSIONEN

Was würdest du als Bewertung schreiben?

EINE KURZGESCHICHTE

BoD – Books on Demand, Norderstedt

Bibliografische Information der Deutschen
Nationalbibliothek: Die Deutsche Nationalbibliothek verzeichnet diese Publikation in der
Deutschen Nationalbibliografie; detaillierte
bibliografische Daten sind im Internet über
http://dnb.dnb.de abrufbar.

Herstellung und Verlag:
BoD – Books on Demand, Norderstedt

ISBN: 978-3-7504-9645-3

VORWORT

Die Kurzgeschichte ist reine Fiktion. Ich habe meiner Fantasie freien Lauf gelassen, jedoch das ein oder andere Detail der Realität entnommen. Weitere Übereinstimmungen sind zufälliger Natur.

Ich danke

- Erstleserin Mimi für alles und ihren Optimismus.
- Timo N. für die ersten Verbesserungsvorschläge.
- Jochen R. für die Eintrittskarte ins Kopfkino.
- Jana L. für ihre Geduld, die vielen Ideen, Verbesserungen und ihre ehrliche Meinung.
- Clemens G. für die tolle Überarbeitung der ersten Version.
- Andreas M.-K. dafür, dass er ein Insider ist und ohne ihn dieses Buch nie entstanden wäre.
- Sina L. und Alex S. für die tollen grafischen Ausarbeitungen.
- Sascha für die vielen Stunden seiner Unterstützung, welche mich nicht nur mit dem Buch, sondern auch privat weitergebracht haben.
- Jörg und Karin für die Bereitstellung der Räumlichkeiten inklusive Kaffeeversorgung.

Der vorliegende Text entstand mit Unterstützung von Dr. Sascha Wollny, der gerne auch anderen hilft, Texte und Bücher zu schreiben (Kontakt: sashw@gmx.de).

DIE KRAFT DER WORTE I

Meistens sind traumatische Ereignisse dafür verantwortlich, dass ein Mensch seine Lebensfreude abrupt verliert. Bei meinem Mann Michael schwand sie jedoch langsam und erbarmungslos. Ich musste zusehen, wie er jeden Monat gebückter von der Arbeit nach Hause kam. Selbst den Kindern fiel auf, dass ihr Papa sich verändert hatte. Michael im Alter von 39 Jahren so entkräftet zu sehen, tat uns allen weh. Ich versuchte vieles: kochte sein Lieblingsessen, arrangierte Ausflüge, organisierte Überraschungspartys usw. Nichts half! Ich war verzweifelt!

Es hatte damit begonnen als Michael vor vier Jahren bei dem größten Online-Händler der Welt zu arbeiten anfing. Seine Aufgabe war es fragwürdige Rezensionen zu prüfen, ob sie den gesetzlichen Vorschriften entsprachen. Anfangs interessierte er sich noch für Bewertungen unterschiedlichster Dinge. Doch rasch verlor er seine Begeisterung. Sein Job wurde von den Kollegen als bedeutungslos erachtet und sein Arbeitsplatz obendrein in den Keller verlegt: staubig, ohne Fenster und so kühl, dass er meistens in der Jacke an seinem kleinen Schreibtisch saß. Die Deckenlampe war dermaßen schwach, dass er zusätzlich eine Tischlampe aufstellen musste. Es wäre niemanden aufgefallen, wenn er da tot umgefallen wäre, denn nicht einmal sein Chef interessierte sich für ihn. Von diesem wurde er nicht als Mensch, sondern lediglich als eine Nummer betrachtet. Eine Nummer, die täglich eine hohe, vorgeschriebene Anzahl an Rezensionen abarbeiten musste. Und was für schwachsinnige Bewertungen er da lesen musste: über Katzenkratzbäume, Müllsäcke, Büroklammern, Klopapier, Unterlagscheiben, um nur ein paar Beispiele zu nennen.

Und dann passierte etwas Seltsames. Eines Tages stieß er auf Rezensionen über ein spezielles Schweizer Taschenmesser. Diese Bewertungen waren so anders als all die vielen, die er bisher gelesen hatte. Sie waren unterhaltsam und lustig. An jenem Tag kam er wie verändert nach Hause, schlang sein Essen hinunter und verkroch sich in sein Arbeitszimmer. Nach zwei Stunden kam Michael aus seinem Büro und summte eine Melodie. „Hey, das kenne ich doch", rätselte ich. Es dauerte kurz und schon konnte ich den Refrain mitsingen: „Die Gedanken sind frei, wer kann Sie erraten." „Ganz genau!", bestätigte mich mein Mann und strahlte mich freudig an. „Ist schon erstaunlich was in den Köpfen der Menschen so vorgeht. Vielleicht geht da noch mehr", sagte er voller Vorfreude.

Michael verriet mir begeistert, was er vorhatte: Er wollte ein Buch mit offenem Ende schreiben und die Leser auffordern ihren persönlichen Schluss als Online-Rezension zu veröffentlichen. Er hoffte auf facettenreiche und interessante Versionen und wünschte sich, damit einen erfolgreichen Running Gag zu starten. Er wollte beim Arbeiten keine langweiligen Kommentare mehr lesen, sondern die ein oder andere Fortsetzung seiner Geschichte. Ein paar Wochen später hatte er das Buch fertig geschrieben und es war im (Online-) Handel erhältlich. Er gab ihm den Titel „Fantastische Rezensionen". Immer wenn er eine neue Rezension erhalten hatte, kam er freudestrahlend nach Hause und erzählte mir begeistert davon. Zudem fühlte er sich wahrgenommen und ein wenig stolz,

wenn sich die Leute Gedanken zu seiner Geschichte machten. In wenigen Tagen hat er seinen 40. Geburtstag. Um ihm ein Geschenk zu machen und ihn aufzuheitern, möchte ich sein Buch allen zur Verfügung stellen. Jeder kann nun seinen eigenen Schluss zu Michaels Geschichte „Fantastische Rezensionen" schreiben und diesen an offenes-Ende@gmx.de schicken. Ich habe die E-Mail-Adresse vor ein paar Tagen eingerichtet und an seinem Geburtstag gebe ich ihm die Zugangsdaten dafür.

Oder wäre es nicht besser, wenn jeder, der ein Online-Konto hat, eine Rezension schreiben würde? Es wäre doch ein Traum für meinen Mann, wenn er sich beim Arbeiten an den vielen Rezensionen erfreuen könnte und außerdem motiviert und locker sein Arbeitspensum schaffen würde. Außerdem hätte so nicht nur er, sondern alle ihren Spaß an den jeweiligen Versionen. Ich wünsche mir nichts mehr, als dass dieser Traum Wirklichkeit werde.

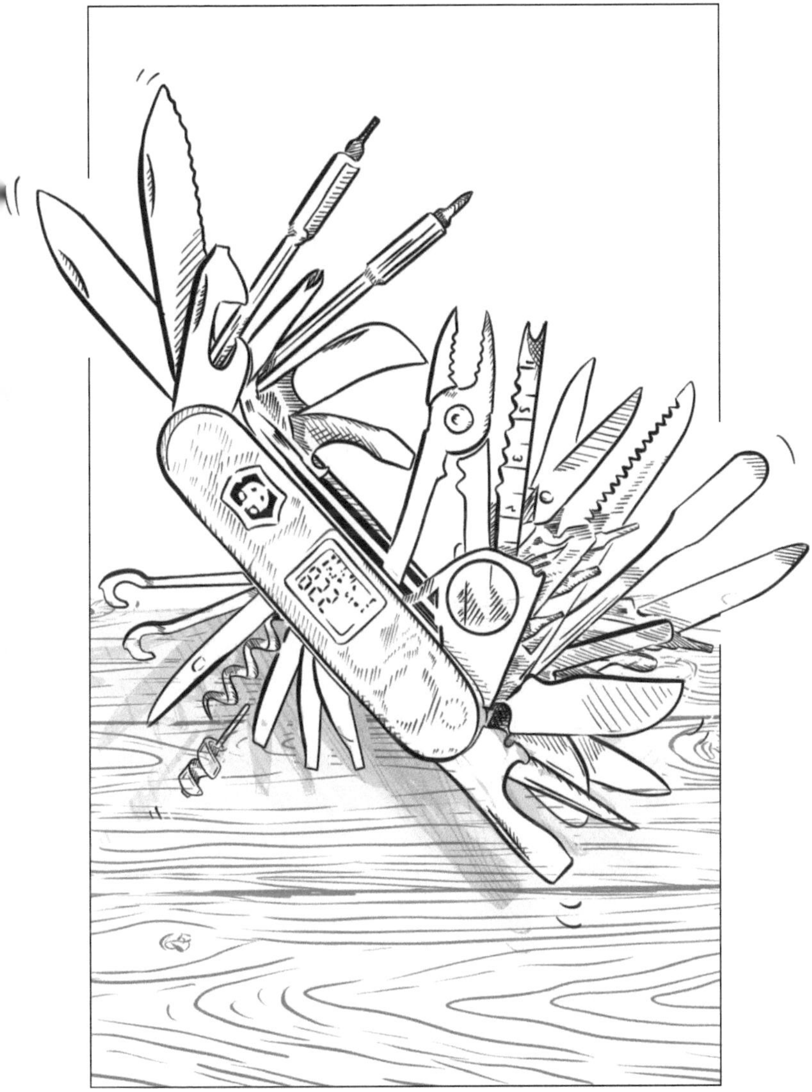

FANTASTISCHE REZENSIONEN

Jens Kortsag konnte es kaum erwarten sich noch weiter im Evolutionsprozess nach vorne zu katapultieren und viele seiner Artgenossen hinter sich zu lassen. Denn morgen sollte sein Schweizer Offiziers-Taschenmesser mit Abermillionen Funktionen geliefert werden! Wie es sich für einen typischen, stets pünktlichen, technik- und bierliebenden Deutschen gehörte, wollte er optimal vorbereitet sein, wenn er nach Spanien auswanderte. Dieses Messer würde ihm nicht nur verdammt gut stehen (mit Gürteltasche versteht sich), es würde ihm auch die ultimative Chuck-Norris-Power verpassen! Schließlich wäre er ja demnächst „der Neue", was für ihn ein paar Unsicherheiten mit sich brachte. Um für alle Geschehnisse gewappnet zu sein, hatte er sich für das VICTORINOX Swiss Champ XAVT mit Digitalanzeige entschieden. Ein weiterer genialer Nebeneffekt: Mit dem Gewicht des Messers bräuchte er als zukünftiger Tauchlehrer keinen Bleigürtel mehr. Aber noch war es nicht so weit. Zunächst einmal überredete er seine Mutter Mimi dazu, am kommenden Tag bei ihm zuhause auf den Postboten zu warten. „Wenn du schon da bist", sagte Jens, „kannst du ja etwas Leckeres kochen. Am besten etwas nie Dagewesenes!". Er dachte dabei an etwas Simples, das er zur Not in Spanien mit seinem neuen „Rambomesser" nachkochen konnte und das gleichzeitig umwerfend schmeckte: Taubenhackbällchen in Tetrapack-Sangria-Soße zum Beispiel oder angeschwemmte

Fischleichen garniert mit abgefallenen Echsenschwänzen. Mittlerweile in Rente und häufig mit dem Camper unterwegs, war Mimi perfekt qualifiziert für diesen Auftrag.

Für Jens stand der Plan fest: Raus aus Deutschland! Schließlich sollte jeder einmal am Meer gelebt haben – so las er es ständig in den sozialen Netzwerken. Er freute sich schon auf die ausgelassene, südländische Mentalität, kulinarischen Gaumenorgasmen und die spanische Sprache. Hier hielt ihn fast nichts mehr: keine Frau, keine Kinder, nicht mal eine schlechte Ausrede. Er war sogar bereit, sich mit Begriffen wie Rentenversicherungsbeiträgen, Auslandskrankenversicherungsbestätigung, Arbeitserlaubnisantrag, Sportküstenschifferschein und anderen Zungenbrechern auseinanderzusetzen – quasi Neuland für jemanden der Gesetzestexte so oft las wie die AGBs in Verträgen. Jens bevorzugte eher eine Gesellschaft in der Laute wie geil, ok, äh, Alk, na, Sex, hä, nix, nee und ups zum normalen Sprachgebrauch gehörten.

Gespannt kam Jens am nächsten Tag spätabends von der Arbeit nach Hause. Er öffnete die Türe und ein satt-würziger, aber undefinierbarer Geruch stieg in seine Nase. In freudiger Erwartung schlenderte er Richtung Küche, aus der er ein lautes „Hallo" hörte. Doch dann stutzte er und spürte, wie sich seine Nackenhaare aufstellten: Mimis Gesichtsausdruck ließ nichts Gutes erahnen. Aber was war es genau? Mitleid, Spott, Schadenfreude? Irgendetwas stimmte nicht, soviel stand für ihn fest. In seine Stirn gruben sich tiefe Furchen und in höchster Alarmbereitschaft entfuhr es ihm: „Ist das Messer da?" Mimi

antwortete: „Dieses rote Monster hat deiner armen Mutter zwar einen Hexenschuss eingebracht, aber gut! Das Teil liegt im Esszimmer". Triumphierend ballte Jens seine rechte Hand zur Faust und eilte ins Esszimmer. Dort öffnete er hastig die Verpackung, bewunderte sein neues Messer und nahm es mit in die Küche zurück. Stolz präsentierte er es mit den Worten: „Sieh mal! Es gibt viele Messer auf der Welt, aber dieses..." „Ja, ja!", unterbrach ihn seine Mutter, „beruhig' dich. Schau lieber was ich dir Leckeres gekocht habe." Äußerst skeptisch hob Jens den Topfdeckel. Nachdem eine Dampfwolke ihm sein Gesicht beinahe verbrannt hätte, blickte er in eine braune, wabernde Soße. Er sah Umrisse eines kleinen, schwarzen Etwas. „Du hast es so gewollt", grinste Mimi schelmisch, „das ist die Fledermaus aus deiner Gartenlaube. Du hast mich schließlich herausgefordert!", belehrte sie ihn mit erhobenem Zeigefinger. Jens kannte seine Mutter so gut, dass er den Braten gleich gerochen hatte: Niemals könnte sie eine Fledermaus fangen, kochen und ihm anbieten. Er entschied sich mitzuspielen und ließ sich nichts anmerken. Schon bot Mimi ihm 50€ an, wenn er wirklich davon abbeißen würde. Sie hoffte insgeheim, dass ihr Sohn einknickte und sie am Ende als strahlende Siegerin hervorginge. Doch Jens war sich ziemlich sicher, dass es keine echte Fledermaus sein konnte. Er blickte seiner Mutter scharf in die Augen und gab mit tiefer Stimmlage zu verstehen: „Challenge accepted". Er verzerrte sein Gesicht, um einen gewissen Ekel vorzuspielen. Übertrieben vorsichtig nahm er das Spielzeugtierchen an einem Flügelende heraus und hob es empor. Zäh rann die klebrige Soße daran hinunter in den Topf. An seinen Fingern spürte er, dass der Gegenstand aus Gummi war. Jetzt verflogen bei ihm die letzten Zweifel. Mit kurzer Verzögerung klappte sich auch der zweite Flügel vollständig auf. Um Mimi in Sicherheit zu wiegen, blickte Jens angewidert zur Seite. Dort entdeckte er einen Schatten, der durch die Stehlampe an die Wand geworfen wurde. Der Schatten vermittelte den Eindruck, als würde die Gummifledermaus langsam und qualvoll ausbluten. Mit tiefer, ironischer Stimme orakelte er: „Verdammt! Sie ruft Batman, damit er kommt und sie rächt. Wie gut, dass ich mein Taschenmesser habe. Jetzt kann mir keiner mehr..." „Ich denke", fiel ihm Mimi ins Wort, „Robin reicht locker für dich." Sie kicherte in ihre Faust und überspielte das Lachen mit einem gekünstelten Husten. Um seiner Rolle des Entschlossenen weiter gerecht zu werden, hob Jens das triefende Etwas direkt vor seinen Mund, schloss die Augen und atmete tief ein. Er wartete auf das erlösende Einschreiten seiner Mutter, doch Mimi blieb eisern. Deshalb blieb Jens nur noch eine Chance die Wette zu gewinnen: Er biss kurzerhand der Gummifledermaus den Kopf ab und tat so, als würde er diesen kauen. „Nicht schlucken!", rief Mimi heftig und wollte Schlimmeres verhindern. Jens grinste und sagte mit vollem Mund: „Challenge completed". Nach der gewonnenen Wette spuckte er den Gummikopf aus und forderte seine Mutter zu einem versöhnlichen „High-Five" auf. Mimi schnaufte erleichtert, lächelte und schlug ein. „Ich wusste, dass du mich veräppeln willst", brüstete sich Jens. Mimi

gestand ihre Niederlage ein und sagte: „Zum Glück habe ich uns in Wirklichkeit Rindsrouladen gemacht." Sie öffnete den Backofen und nahm mit zwei Topflappen den Schmortopf heraus. Beide gingen zum gedeckten Tisch ins Esszimmer und nahmen ihre üblichen Plätze ein. Während Mimi die Rouladen auf die Teller lud, nahm Jens sein neues Messer zur Hand. Zunächst wählte er die Scheren-Funktion, um die Fäden der Rouladen durchzuschneiden. „Hast du schon den Flug nach Spanien gebucht?", erkundigte sich Mimi. „Ja! Der Flug ist gebucht und eine Unterkunft habe ich auch. Jetzt fehlt nur noch eine Spedition für die Möbel. Aber morgen fahr ich erst mal zu Andi. Ich habe mal mit ihm gewettet, dass Berlin in den nächsten fünf Jahren einmal Meister wird." „Und? Wer hat gewonnen?", fragte Mimi, die von Fußball keine Ahnung hatte. „Andi", antwortete Jens kapitulierend. Mit spöttischer Geste machte sich Mimi über ihren Sohn lustig: „Na, ich habe ja einen ganz cleveren Sohn! Verliert eine Fußballwette ausgerechnet gegen einen Rollstuhlfahrer. Das muss man erst mal schaffen!" Beide mussten schmunzeln, denn Andi war alles andere als ein Fußballgott. Nicht nur seine Behinderung, sondern auch sein unersättliches Verlangen nach Wurst und Bier standen ihm im Weg. Jens erklärte: „Der Wetteinsatz ist, dass ich mit ihm einen Abend im Rollstuhl verbringen muss. Dabei darf ich den Rolli nicht verlassen. Ich muss mich die ganze Zeit so verhalten als wäre ich auch an das Ding gefesselt." „Verdammt guter Wetteinsatz", lobte Mimi ernsthaft und wünschte ihm viel Spaß. „Richte ihm jedenfalls liebe Grüße von mir aus", sagte Mimi, während sie ihn skeptisch dabei beobachtete, wie er den Rest der Roulade mit der Holzsäge-funktion malträtierte.

Tags darauf, an einem sonnigen Samstag, packte Jens seine Sachen. Mit dabei war natürlich das neue Taschenmesser. Er hoffte, dass die „magische Kraft" des Messers einem quasi Behinderten wie ihm von Nutzen sein könnte. Jens, der gerne experimentierte und neugierig war, dachte, dass der Wettein-satz für ihn keine große Sache sei. Die Aktion würde ohnehin in einer anderen Stadt, in der er in einem Meer aus Anonymität kaum auffallen würde, stattfinden. Dadurch glaubte er sich auf der sicheren Seite, von keinem seiner Bekannten entdeckt zu werden. Jedenfalls freute er sich schon auf die Wortduelle mit seinem Kumpel, die zwar für Außenstehende befremdlich wirkten, aber für die beiden ausschließlich Spaß waren. Nach einer längeren Autofahrt kam Jens in der großen, hektischen Stadt an. Nachdem er endlich einen Parkplatz gefunden hatte, stieg er aus dem Auto aus und sofort schoss ihm eine Mischung aus Frittenfett und Autoabgasen in die Nase. Jens war mitten im Trubel der Großstadt angekommen. Er eilte zum Hotel namens „Go On", checkte ein und sputete sich, weil er recht-zeitig im Rollstuhl vor Andis Türe stehen wollte. Also nahm er seine Beine in die Hand, bog um vier Ecken und kam in der Springerstraße 37 an, wo sich ein Rollstuhlverleih befand. Doch er suchte zunächst vergeblich. Verwirrt rief er beim Ver-leiher an und fragte nach. Der Herr am Telefon machte klar: „Weeßte, ick hab ja keene Dings, keene, wie sagt man, keene

13

Laufkundschaft, wa. Ick komme." Jens legte auf und brach in haltloses Gelächter aus. „Laufkundschaft", wiederholte er und hielt sich den Bauch. „Hatte der Typ das wirklich gesagt?", fragte er sich und schüttelte dabei ungläubig den Kopf. Es dauerte eine Weile, bis sich sein Atem wieder normalisierte. Kurze Zeit später kam der Mann mit dem Rollstuhl zu Jens, dessen Augen weiterhin tränten, und fragte besorgt: „Allet jut?" „Ja, alles gut", spielte Jens vor, während er um Haltung kämpfte. Nachdem der Verleiher die Feststellbremse und weitere Funktionen gezeigt hatte, konnte das Abenteuer losgehen.

Voller Enthusiasmus ließ er sich in den Rollstuhl fallen und schob sich an. Bis zu Andis Wohnung war es nicht weit. „Eigentlich kein Problem", dachte Jens. Doch bereits nach wenigen Metern spürte er das erste Brennen im Oberarm. „Bei den anderen sieht es immer so einfach aus", dachte er und war total überrascht, wie ermüdend das war. Als er die erste Straße überqueren wollte, stellte ihn der Randstein auf der anderen Straßenseite vor eine ungeahnte Herausforderung. Ihm wurde bewusst, wie hoch ein Randstein sein konnte. Vor allem zu hoch, um ihn mühelos mit einem Rollstuhl zu überwinden. Da dachte er an Neil Armstrong und die Mondlandung: „Ein kleiner Schritt für den Menschen, ein riesiges Problem für mich." Es musste also ein Hochstarter her, um den Randstein zu bezwingen: Jens plante mit einer schnellen Hauruckbewegung den Rolli leicht nach hinten zu kippen und gleichzeitig die Vorderräder auf den Bordstein zu platzieren. Entschlossen nahm er die Greifräder in die Hand und bereitete sich mental auf die explosionsartige Freisetzung all seiner noch verfügbaren Oberarmkräfte vor. Plötzlich riss es ihn samt Rollstuhl nach hinten. Jens warf sich mit seinem Oberkörper reflexartig nach vorne – vergeblich, denn er hatte den Kipppunkt bereits überschritten. Als er jeden Moment mit einem harten Aufprall auf den Asphalt rechnete, blieb dieser seltsamerweise aus. Wie von Zauberhand standen die Vorderräder samt seiner Füße in der Luft und es ging mit einem kurzen Ruck über die Bordsteinkante. Die Zauberhand war keine fremde, magische Kraft gewesen, sondern stammte von einem Mann mit bärtiger, grinsender Visage. Jens war dessen Atem, eine Mischung aus Zigaretten und Döner, ausgeliefert. Völlig baff brachte er keinen Ton heraus. Als der Rolli wieder mit allen vier Rädern den Boden berührte, entfernte sich der selbsternannte Superheld auch schon wieder ohne sich nochmals umzudrehen. Da erst wurde Jens bewusst, dass er durch fremde Hilfe das Hindernis überwunden hatte. Er spürte eine seltsame Wut in sich aufsteigen, deren Ursache er nicht kannte. Warum war er so aufgebracht? Warum hatten sich instinktiv seine Hände zu Fäusten geballt? Wieso wünschte er sich, dem Typen die Fresse zu polieren? Allmählich beruhigte sich Jens und stellte sich vor, wie ihn seine Freunde für die Schlagzeile „Simulant verprügelt hilfsbereiten Mann" auslachen würden. Während sich sein Puls wieder im zweistelligen Bereich einpendelte, wurde ihm schlagartig bewusst: Auch er hatte schon einigen Behinderten einfach ohne zu fragen geholfen. Wie

übertrieben selbstgefällig hatte er sich dabei verhalten und sich wie der Sohn von Mutter Teresa gefühlt!

Während Jens seinen Gedanken nachhing, hatte sich zwischenzeitlich eine Frau dem besagten Bordstein genähert. Sie hielt in ihrer Hand einen Kaffeebecher und hatte es offensichtlich eilig. Gestresst blickte sie auf ihre Armbanduhr und hopste über den Bordstein, welchen sich Jens nochmals genauer anschauen wollte. Und so drehte er sich unbedacht und ruckartig mit dem Rollstuhl nach rechts. Genau in diesem Moment wollte die Frau an ihm vorbeieilen. Da sie zur selben Zeit an ihrem Kaffeebecher schlürfte, hatte sie den Gehweg aus ihrem Blickfeld verloren. Ein Zusammenstoß der beiden war nicht mehr zu vermeiden. Jens beobachtete in Zeitlupe, wie sich der „Coffee to go" Becher in einen „Coffee to fly" Becher verwandelte. Die junge Frau steuerte einer Bruchlandung auf den harten Boden entgegen. Jens sah ihre groß aufgerissenen Augen und wie sich ihre Arme instinktiv nach vorne ausstreckten, um den Aufprall abzudämpfen. Der Körper der Frau geriet in heftige Turbulenzen und drehte sich leicht zur Seite. Die Arme ruderten nun wie wild umher, um die Schräglage auszugleichen. Doch alle Bemühungen, eine Balance in der Luft zu finden, waren vergebens. Die junge Frau schlug mit ihrer Schulter auf den Boden auf. Mit etwas Verzögerung landete der Becher samt Inhalt auf ihrem weißen Kleid. Nach einem kurzen Moment realisierte sie, dass sie mit einem „tieffliegenden" Rollstuhl kollidiert war. Sofort signalisierte sie mit erhobener Hand den Schaulustigen, dass sie die Bruchlandung überlebt hatte. „Nichts passiert!", gab sie hastig zu verstehen, stand auf und schaute prüfend an sich herab. Ihr linkes Schienbein und ihre Schulter schmerzten, aber sie wusste, dass sie sich nichts gebrochen hatte. Als sie ihr mit Kaffee überströmtes Kleid sah, erkannte Jens, wie in ihr eine Welt zusammenbrach. Die Enttäuschung war ihr deutlich ins Gesicht geschrieben. Völlig unsicher und aufgelöst stammelte Jens: „Sorry, ich wollte", und da wurde er auch schon von der Dame unterbrochen: „Kein Problem! Alles gut!". Ihrer kleinen, heilen Welt entrissen, konnte sie ihm nicht einmal in die Augen schauen: Von einem Behinderten eine Entschuldigung zu bekommen, widersprach ihrem und dem gängigen Mitleidsempfinden. Daher ging sie schnell weiter. Irritiert schaute Jens ihr hinterher und glaubte sie irgendwo schon einmal gesehen zu haben.

Doch zunächst musste er aufs Neue das Geschehene verdauen. „Als Normalo hätte ich sicherlich einen gehörigen Anschiss bekommen. Fühlt sich so der besagte Behindertenbonus an?", fragte sich Jens. Er hatte nun das erste Mal in seinem Leben erfahren, wie beschissen sich dieser Bonus anfühlte. „Das brauch ich heute nicht noch einmal. Die Reinigung für das Kleid hätte ich locker aus der Portokasse bezahlen können", dachte Jens und blickte dabei auf seine Armbanduhr. Wenn es so weiterginge, käme er heute Abend wohl nicht mehr an. Die einfachste Lösung war für ihn aufzustehen und den Rollstuhl zu schieben. Doch er machte sich Gedanken über die Reaktion der umstehenden Leute und befürchtete, eine

17

Tracht Prügel zu kassieren. Nach kurzem Überlegen fuhr er langsam und umsichtig wieder los und bog in die nächste Gasse ein. Er wartete einen kurzen Augenblick, schaute prüfend umher und stand schnell auf. Um anders auszusehen und nicht wieder erkannt zu werden, zog er hastig seinen Pullover aus. Eilig, aber vorsichtig schob er den Rolli ohne weitere Vorfälle zu Andis Wohnung. Dort angekommen, klingelte er und ließ sich erleichtert in sein Gefährt fallen. Es dauerte eine Weile bis Andi in seinem Rollstuhl breitgrinsend aus der Türe gefahren kam. Er hatte wie so oft ein T-Shirt an, auf dem groß und breit „Star Wars" stand. Science-Fiction war seine große Leidenschaft und bot ihm eine gute Gelegenheit seine Alltagswelt zu verlassen. Rad an Rad begrüßten sich die zwei mit einer herzlichen Umarmung. Ab da war Jens klar, dass er nicht mehr aufstehen durfte. Andi begrüßte ihn in Yodas Redensart: „Du behindert jetzt bist", und scherzte, „Junge, steht dir gut das Teil". „Ja, eine Lady hab ich eben schon flachgelegt", prahlte Jens scherzhaft und gestand: „Ich könnte jetzt ein Bier vertragen – oder zehn." „Auf dem Weg liegt sowieso eine Tanke. Da können wir uns ein Wegbier schnappen", versicherte Andi.

Unterwegs erzählte der Rollstuhlneuling von seinen heutigen Eskapaden, über die sich sein Kumpel wegschmiss vor Lachen und dabei heftig auf seine Oberschenkel schlug. Jens spaßte: „Das kann man ja nicht mit anschauen. Zum Glück sind deine Beine gelähmt, sonst würdest du schreien vor Schmerzen." Andi grinste und feixte zurück: „Sei froh, dass du überhaupt was siehst." Da poppten tausend Fragezeichen über Jens' Kopf auf. „Ich habe uns nämlich ein ‚Blind Date' organisiert", sprach Andi. „Wie? Wo? Was hast du gesagt?", fragte Jens und bekam als Antwort: „Wir gehen essen in völliger Dunkelheit." Mit dieser vagen Antwort musste sich Jens erst einmal zufrieden geben, denn er hatte keine Zeit darüber nachzudenken. Andi drängte nämlich loszufahren und das Wegbier zu kaufen.

Als sie die Tankstelle erreicht hatten, stellte Jens klar: „*Ich* kauf das Bier. Warte du hier draußen". Er war erleichtert, dass sich die Türen automatisch öffneten und er problemlos hineinfahren konnte. Nach einer Weile kam er wieder raus und präsentierte stolz sein Taschenmesser, indem er die erste Bierflasche öffnete. Andi stutzte: „Echt jetzt?! Du hast *keine* Bügelflaschen gekauft? Wie willst du mit dem Rolli fahren, wenn du in einer Hand die Flasche halten musst? Du willst wohl immer nur im Kreis rumfahren. Du blutiger Anfänger!" Jens hatte wieder eine Lektion gelernt. So kam es also, dass die beiden das Bier vor Ort trinken mussten und sich vorkamen wie zwei klischeehafte Alkis. Andi zog die Feststellbremse an, um nicht wegzurollen, und erkundigte sich nach dem Messer: „Sind deine Ärmchen nicht viel zu schmächtig für dieses riesige Ding? Du konntest eben kaum damit umgehen, du elender Schwächling!" „Ich musste dieses Messer einfach haben! Schau dir mal die Bewertungen im Internet an. Da sind fantastische Rezensionen dabei", schwärmte Jens.

Nach einem Blick auf die Uhr exte Andi sein Bier und gab damit zu verstehen, dass es nun Zeit war, Richtung Restaurant zu fahren. Unterwegs brannten Jens' Arme schon wieder. Andi meinte völlig entspannt: „Zwei Straßen weiter. Dann sind wir da." Als sie an ihrem Ziel ankamen, hatte es sich für Jens nicht wie zwei, sondern acht Straßen angefühlt. Für Jammern blieb ihm keine Zeit, denn im Vorraum des Restaurants wurden sie bereits erwartet: Sie mussten ihre Handys, Uhren und sogar das Taschenmesser wegen der leuchtenden Digitalanzeige abgeben und obligatorisch einen großen Latz anziehen. Die beiden wurden in absoluter Dunkelheit von der blinden Bedienung an ihren Tisch geleitet. Andi bestellte auf bestimmende Art für jeden das Überraschungsmenü und ein Herrengedeck. „So, jetzt bist du blind *und* gehbehindert. Was gefällt dir denn besser?", flüsterte Andi leise als die Bedienung außer Hörweite war. Kurz überfordert mit dieser direkten Frage witzelte Jens: „Das ist einfach. Jeder wäre froh, wenn er deine hässliche Visage nicht mehr sehen müsste". Während sie herzhaft lachten, wurden die Getränke an den Tisch gebracht. Andi verkündete feierlich: „Schön, dass du da bist! Das nächste Mal trinken wir wahrscheinlich zusammen Sangria in Spanien. Auf uns und alle blinden Rollstuhlfahrer!". Orientierungslos tastete Jens nach seinem Schnapsglas und hätte es dabei fast umgestoßen. Vergeblich versuchten die beiden miteinander anzustoßen. Nach einer halben Ewigkeit und zahllosen Versuchen schafften sie es endlich, dass sich die Gläser berührten und das typische Klirren ertönte. Das war das Signal, um den Schnaps die Kehle hinunterzukippen. Demonstrativ und prollig hauten sie ihre leeren Gläser auf den Tisch und atmeten aus als hätten sie puren Alkohol getrunken. Andi sagte: „Wenn du mehr von diesem Fusel trinkst, erträgst du nachher sogar meine hässliche Visage, die übrigens sehr gut bei den Ladies ankommt im Gegensatz zu deinem Babyface. Was macht die Frauenwelt?" Jens zuckte mit den Achseln ohne daran zu denken, dass es Andi im Dunkeln nicht sehen würde, und antwortete: „Vergiss es! Die meisten haben doch einen Dachschaden oder fallen durch mein Raster. Die Letzte wollte nach drei Wochen eine Schufa-Selbstauskunft von mir. Geht's noch?". Andi fragte: „Sah sie wenigstens gut aus?". Darauf meinte Jens sarkastisch: „Ihre Schönheit lässt sich mit Worten nicht beschreiben." „Echt jetzt? So gut?", staunte Andi, „dann scheiß auf die Schufa-Auskunft." Jens feixte: „In Zahlen ginge es allerdings. Da bekommt sie von mir vier von zehn Punkten." Wieder brachen sie in gellendes Gelächter aus.

Mit dem Kommentar „Erbsen auf halb acht und guten Appetit" servierte die Bedienung wenig später das Essen. Als Jens nach dem Besteck tastete, katapultierte er versehentlich seine Gabel vom Tisch. Die aufmerksame Bedienung bemerkte sofort, was passiert war und drückte Jens ein neues Besteck direkt in die Hand. Beide fragten sich erstaunt, wie die blinde Kellnerin so gut hören und entsprechend reagieren konnte. Nach der Devise „no risk, no fun" piksten sie wahl- und ziellos solange auf ihren Tellern herum, bis etwas auf ihrer Gabel

steckte. Jens dachte den Hauptgewinn gezogen und ein saftiges Stück Steak auf seiner Gabel zu haben. Mit viel Vorfreude biss er herzhaft zu und merkte sofort, dass es kalt und schlottrig und definitiv kein Steak war. Andi hatte etwas mehr Glück und schob sich etwas Warmes und Wohlschmeckendes in den Mund. „Echt fein, schmeckt nach Kalbfleisch", schwärmte er. Jens konnte das nicht bestätigen, verzog lange sein Gesicht und würgte den schlottrigen Happen fast unzerkaut hinunter. Nun wendete sich das Blatt und Andi erwischte das eklige Etwas, das seinen Kumpel so viel Überwindungskraft gekostet hatte. Zeitgleich nahm sich Jens die Erbsen auf halb acht vor und nach einigen Versuchen landeten letztlich drei Erbsen in seinem Mund. „Verdammt! Ich finde kein Kalbfleisch auf meinem Teller", monierte er. „Es lag bei mir etwa auf 11 Uhr", gab Andi einen Tipp. Daraufhin stach Jens in etwas hinein, das für ihn der Konsistenz von zartem Fleisch entsprach. Und tatsächlich: Er hatte etwas Festes, Saftiges und Aromatisches zwischen seinen Zähnen, das er genüsslich kaute. „Das ist doch kein Kalbfleisch. Das sind bestimmt gebratene Austernpilze", beteuerte er. Die beiden hatten noch eine Menge Spaß, vor allem beim Dessert. Denn gerade als Jens erwartete in etwas Süßes zu beißen, erwischte er unverhofft etwas Saures. In seinem Pudding steckte eine Zitronenscheibe, die eigentlich als Garnitur gedacht war. Mit dieser kleinen Scheibe lockte der Koch seine Gäste geschickt in die Geschmacksfalle. Jens gab Andi die Schuld und beschwerte sich bei ihm: „So übel wie du mich behandelst, liegt es nahe, dass du auch zwei Stumme einander vorstellen würdest." „Den Witz kenne ich. Es endet in einer Schlägerei, weil beide denken, der eine macht den anderen nach", lachte Andi und Jens gleich mit. Nach einem Verdauungsschnaps wurden sie von der blinden Bedienung in den Vorraum gebracht, wo ihnen Fotos vom Essen gezeigt wurden. Jetzt sahen sie: Das schlottrige Etwas stellte sich als Hering in Gelee heraus. Nochmals schüttelte es die beiden ordentlich durch. Andi zollte seinem Kumpel Respekt, dass er die Austernpilze am Geschmack erkannt hatte.

Nachdem sie bezahlt und ihr Hab und Gut wieder entgegengenommen hatten, zeigte Jens' Handy an, dass Mimi angerufen hatte. Er entschloss sich, erst zurückzurufen, wenn sich die Möglichkeit dafür ergab. Denn im Moment war er auf seine Hände angewiesen, um den Rollstuhl zu bewegen. „Wo fahren wir jetzt hin?", erkundigte sich Jens gespannt, „vermutlich schickst du mich mit dem Rolli in die nächste Halfpipe." Andi nickte grinsend und fand die Idee nicht schlecht, wollte ihm aber eine neue Location zeigen: „Wir gehen in die Lästerbar zu meinen Leuten." „Lästerbar?", fragte Jens skeptisch. Andi sagte kurz: „Lass dich überraschen", fuhr los und sein Kompagnon folgte ihm. Die Lästerbar gab es zwar noch nicht lange, fand aber großen Anklang bei Mann und Frau, bei Jung und Alt. Ihre Besonderheit war, dass die Außenwände durchgehend aus speziellen Fenstern bestanden. Sie waren einerseits so groß, dass sie von der Decke bis zum Boden des Raumes reichten und andererseits so präpariert, dass man zwar *hinaus*schauen, aber keinesfalls *hinein*sehen

konnte. Da das Haus einen Sockel hatte, befand sich die Bar etwa einen halben Meter über dem Gehweg. Dadurch wähnten sich manche Gäste auf einem Thron, was ihnen das Lästern über die Passanten zusätzlich erleichterte. Sie schauten quasi auf sie herab und konnten ungehemmt mit dem Finger auf sie zeigen. Das war natürlich ein gefundenes Fressen für die beiden, die beim gemeinsamen Lästern unendlich viel Spaß hatten. Wie jeder, beobachteten sie gerne andere Menschen und steckten diese anhand des Aussehens in entsprechende Schubladen. Die Klassiker waren der dumme Discopumper, der Businessman mit schwarzem Aktenkoffer, die Ökotante mit Strickpulli, die fette Qualle mit viel zu engen Leggins und natürlich die sabbernden Behindis.

An der Szenekneipe angekommen, zückte Andi sein Handy und rief einen seiner Freunde an, die bereits drinnen saßen und feierten. „Könnt ihr uns kurz reinholen?", fragte er und gestikulierte dabei in die Richtung, wo sich seine Freunde normalerweise aufhielten. Jens wunderte sich nicht wenig, denn er sah lediglich die verspiegelten Fenster. Allein eine Leuchtreklame, die über dem großen Fenster hing, verriet ihm, dass es sich um die Lästerbar handeln musste. Er vermutete fälschlicherweise, dass ihm Andi wieder eins reinwürgen wollte. Daher entschied er sich, die Gunst der Stunde zu nutzen und ihn auf die übliche Probe zu stellen. Er fuhr dicht an ihn heran, zeigte mit dem Finger auf dessen T-Shirt und behauptete mit ernster Stimme: „Junge, du hast da einen Fleck." Andi, zunehmend beschwipst, schaute prüfend nach unten.

Blitzschnell gab Jens ihm einen ordentlichen Schlag auf den Hinterkopf und lachte: „Ich wusste es. Du fällst immer drauf rein." „Hey! Man schlägt keine Behinderten", stichelte Andi. „Das zieht heute nicht, du Vollpfosten!", entgegnete Jens. Bevor Andi zum Gegenschlag ausholen konnte, kamen bereits zwei seiner Freunde aus der Bar. Erst jetzt wurde Jens bewusst, dass die drei scheinbar lächerlichen Stufen vor der Bar ohne fremde Hilfe eine unüberwindbare Hürde gewesen wären. Er musste an den trojanischen Randstein und den bärtigen Mann denken, der ihm unaufgefordert geholfen hatte. „Das ist Felix und Sascha", riss es Jens aus den Gedanken als Andi seine beiden Kumpels vorstellte. „Kann's losgehen?", fragte der schlaksige Felix und ohne wirklich auf eine Antwort zu warten, führte er Jens im Rollstuhl rückwärts an die Treppe heran. Ruck für Ruck wurde er von ihm die Stufen hinaufgezogen. Am meisten war Jens über sich selbst erstaunt, wie gut er jetzt die Kontrolle abgeben konnte. Danach hievte Sascha den dicken Andi nach oben. Zu Jens' Verwunderung wurde die Aktion von den Gästen der Bar zwar bemerkt, aber ihre Blicke blieben nicht unangenehm an ihnen kleben. Es schien ihm, als wären die meisten Leute in der Großstadt aufgeklärt gegenüber Minderheiten.

Felix und Sascha schlängelten sich durch die Bar. Andi und Jens fuhren dicht hinterher, was sich als nicht allzu leicht herausstellte, weil die Bar bumsvoll war. Im Hintergrund lief instrumentale, ruhige Musik, um sich gut unterhalten und vor allem lästern zu können. Durch das immense Stimmengewirr

25

im Raum konnte Jens erkennen, dass die Leute sich köstlich amüsierten, und er fragte sich, worüber und über wen sie sprachen. Auch wenn er es nicht beweisen konnte, so sagte ihm sein Gefühl, dass sie keinesfalls über ihn als Rollstuhlfahrer herzogen. Die Gäste machten bereitwillig den Weg frei. Anfangs bedankte sich Jens noch dafür, doch dann verstand er, dass es für sie selbstverständlich war. Endlich erreichten sie das Ziel, den Tisch von Andis Freunden. Jens wurde sofort in das Gespräch integriert und von der guten Atmosphäre aufgesogen. Runde um Runde bestellten die Freunde Bier und Cocktails, die sie am Bartresen holten. Andi und Jens mussten sich um nichts kümmern. Die anderen brachten ihnen die Drinks gerne und obwohl Jens sein Getränk immer als Erster bekam, fühlte er keinen Behindertenbonus, wie er ihn heute schon einmal erfahren hatte. Sie waren zwar freundlich zu ihm, aber machten sich auch über *ihn* lustig – wie über alles und jeden. Es gab Momente, in denen sich Jens so sehr amüsierte, dass er sich als Rollstuhlfahrer völlig vergaß.

Mitten im Trubel und Gelächter traute er seinen Augen kaum als er durch die Fensterscheibe schaute. „Pisst der Typ da wirklich an die Scheibe?", stieß er aus und zeigte mit dem Finger nach draußen. Andi und seine Freunde drehten ihre Köpfe Richtung Straße und tatsächlich: Ein besoffener, grässlich tätowierter Fußballhooligan hatte sein bestes Stück ausgepackt und lehnte sich mit einer Hand stützend gegen das Fenster. Da er sich seiner etlichen Biere entledigen musste, urinierte er blindlings gegen die Scheibe der Bar. Seine Erleichterung war ihm deutlich anzusehen, als er seinen Kopf in den Nacken legte und lange und genüsslich ausatmete. Dann fiel sein leerer Blick in das Innere der Bar und ohne es zu wissen schauten ihm dutzende Augen entgegen. Unter den Gästen versuchten einige vergeblich den Kerl durch Winken zu warnen, andere wiederum zückten ihre Handys und machten ein Video. In der Bar nahm das Gelächter immer mehr zu, dass sogar dem vielbeschäftigten Barkeeper der Wildpinkler nicht verborgen blieb. „Ich glaub', ich spinne!", fluchte dieser und machte sich auf den Weg nach draußen. Das Fluchen war so laut gewesen, dass Jens sich zur Theke umgedreht hatte. Auf einmal sah er...

DIE KRAFT DER WORTE II

Das war Michaels Geschichte. Eine Geschichte mit offenem Ende, die nur darauf wartet, vollendet zu werden. Mein Mann Michael fragt sich, was den Leuten wohl alles einfallen wird, ob sie der Geschichte einen guten, lustigen oder vielleicht traurigen Schluss geben. Wie auch immer, es gilt: Die Gedanken sind frei! Jeder kann seinen eigenen Schluss schreiben. Michael freut sich über jede fantastische Rezension, die ihm gemailt oder im Internet veröffentlicht wird. Sein Buch soll dabei eine Art Kettenbrief sein, der von Mensch zu Mensch weitergegeben wird. Wer also eine Ausgabe geschenkt bekommen hat, darf sie gerne weiterschenken – an einen Menschen, der ebenfalls einen interessanten Schluss dazu schreiben könnte. So viele Menschen wie möglich sollen also die Kraft der Worte spüren und ihre Freude an den Rezensionen haben. Um eine Rezension zu schreiben, braucht man nur ein bisschen Mut und etwas Fantasie – etwas Fantasie für eine *fantastische Rezension.*

Auf einmal sah er...

FANTASTISCHE NOTIZEN

_____

_____

_____

_____

_____

_____

_____

_____

_____

_____

_____

FANTASTISCHE NOTIZEN

_____

_____

_____

_____

_____

_____

_____

_____

_____

_____

_____

FANTASTISCHE NOTIZEN

_____

_____

_____

_____

_____

_____

_____

_____

_____

_____

_____

FANTASTISCHE NOTIZEN

FANTASTISCHE NOTIZEN

_____

_____

_____

_____

_____

_____

_____

_____

_____

_____

_____

FANTASTISCHE NOTIZEN

_____

_____

_____

_____

_____

_____

_____

_____

_____

_____

_____

Verschenkt:

von: .... an: .... Datum: ....

von: .... an: .... Datum: ....

von: .... an: .... Datum: ....

von: .... an: .... Datum: ....

von: .... an: .... Datum: ....

von: .... an: .... Datum: ....

von: .... an: .... Datum: ....

von: .... an: .... Datum: ....

von: .... an: .... Datum: ....

von: .... an: .... Datum: ....

von: .... an: .... Datum: ....

von: .... an: .... Datum: ....

Verschenkt:

von: .... an: .... Datum: ....

von: .... an: .... Datum: ....

von: .... an: .... Datum: ....

von: .... an: .... Datum: ....

von: .... an: .... Datum: ....

von: .... an: .... Datum: ....

von: .... an: .... Datum: ....

von: .... an: .... Datum: ....

von: .... an: .... Datum: ....

von: .... an: .... Datum: ....

von: .... an: .... Datum: ....

von: .... an: .... Datum: ....